La cama de mamá
Mommy's Bed

Joi Freed-Garrod · Morella Fuenmayor

D1305669

Ediciones Ekaré

Edición a cargo de Elena Irribarren y Carolina Paoli
Dirección de arte: Irene Savino

Primera edición bilingüe, 2011

©1989/2008 Joi Freed-Garrod, texto ©1994 Morella Fuenmayor, ilustraciones ©2011 Ediciones Ekaré

Av. Luis Roche, Edif. Banco del Libro, Altamira Sur. Caracas 1060, Venezuela
C/ Sant Agustí 6, bajos 08012 Barcelona, España

www.ekare.com
ISBN 978-84-938429-2-5
Impreso en China por South China Printing Co. Ltd.

A todos nos gusta la cama de mamá.
Mi hermano Zacarías y yo jugamos allí.

La cama de mamá puede ser…

Everybody likes Mommy's bed best.
My brother Zacarías and I play in it.

It can be…

...una carpa de exploradores...

...an explorer's tent...

...un campo de fútbol...

...a soccer field...

…un trampolín olímpico…

…an Olympic trampoline…

…una estación espacial.

…a space station.

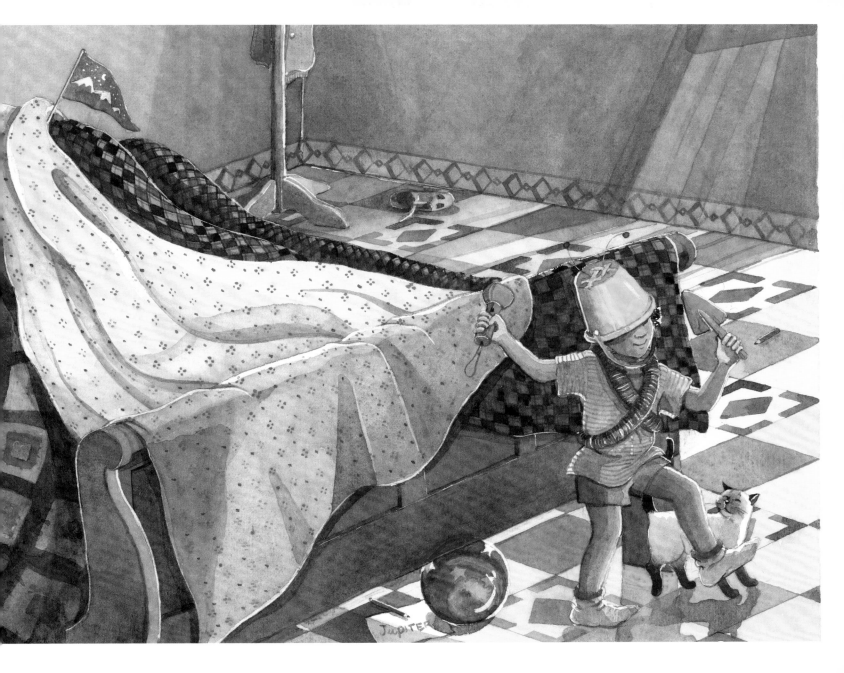

A nuestros amigos también les gusta
jugar en la cama de mamá.

Pero, después, mamá quiere
encontrar todo en orden.

Our friends like to play there too.

**When playtime is over,
Mommy likes us to clean up.**

Tenemos reuniones de familia
en la cama de mamá.

We have family meetings in Mommy's bed.

Y de vez en cuando, a mamá le toca
pasar un rato sola y en paz.

**Mommy sometimes gets to have
quiet time alone.**

A la hora de dormir, mamá nos mete
en la cama a Zacarías y a mi.

—¡Jessica! ¡Vete a la cama YA!

At bedtime, Mom helps Zacarías and
me into our beds.

" Jessica, your bedtime NOW!"

–Ma, tengo ganas de ir al baño.

"Mommy, I have to go to the bathroom."

–¡Ma! ¡Tuve un sueño horrible! ¡No puedo dormir!

"Mommee!! I had a bad dream! I can´t sleep!"

–Mamá, me duele la garganta.
–Te voy hacer un té caliente con miel.

"Hey, Mom, I have a sore throat!"
"I'll make you a hot honey drink."

La verdad es que todos preferimos la cama
de mamá.

I guess everybody likes Mommy's bed best!